鬥嘴一班 ⑳
我們都一樣

卓瑩 著

新雅文化事業有限公司
www.sunya.com.hk

目錄

人物介紹

文樂心
(小辮子)

開朗熱情，
好奇心強，
但有點粗心
大意，經常
烏龍百出。

高立民

班裏的高材生，
為人熱心、孝
順，身高是他
的致命傷。

江小柔

文靜溫柔，善解人意，
非常擅長繪畫。

胡直

籃球隊隊員，
運動健將，只
是學習成績總
是不太好。

黃子祺

為人多嘴，愛搞
怪，是讓人又愛
又恨的搗蛋鬼。

周志明

個性機靈，觀察力
強，但為人調皮，
容易闖禍。

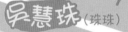吳慧珠（珠珠）

個性豁達單純，是
班裏的開心果，吃
是她最愛的事。

謝海詩（海獅）

聰明伶俐，愛表現自己，
是個好勝心強的小女皇。

第一章　來自異邦的他

　　這天早上，當文樂心如常地沿着三樓的走廊來到教室門外時，她忽然有一種異樣的感覺。

　　平日吵吵鬧鬧的教室，今天卻是異常的寧靜，寧靜得就好像一個人也沒有。

「奇怪，大家都跑到哪兒去了？難道今天是假期嗎？還是有什麼特別活動？」她疑惑地撓着小辮子。

當她帶着滿腦子疑問來到門口時，竟意外地發現同學們原來都在，他們仍然三三兩兩地聚在一起，但不同的

是，誰也沒有開口說話，大家都不約而同地以無比好奇的目光，緊盯着靠窗的位置。

文樂心循着他們的視線望過去，只見她旁邊那個原本空置的座位，如今被一位外籍模樣的男生所佔據。

這位男同學擁有一頭既烏黑又貼服的短髮，皮膚是比胡直更深一層的深褐色，而五官輪廓卻又比女生更鮮明，外貌上跟大

家有着明顯的不同。

　　他是誰？文樂心很詫異。

　　她急忙地回到自己的座位，然後悄聲向鄰桌的高立民打聽道：「怎麼回事？那位男生是誰？」

　　「新同學呀，還能是誰？」高立

民沒好氣地看了她一眼，似乎有點責怪她明知故問。

這麼顯而易見的事情，文樂心自然不可能不知道，但跟一位外籍小朋友當同學，她還真是頭一次，心中不免感到有點不可思議。

不一會，上課鐘聲響起了。

徐老師走進教室後，隨即便為大家介紹道：「相信各位同學已經察覺到了，今天的教室跟平日有些不一樣。沒錯，從今天起，我們班多了一位新同學，他的名字叫李海沙。」

徐老師向李海沙親切地招手，

「阿沙，不如你出來跟大家打個招呼吧！」

「好的，徐老師！」李海沙毫不忸怩地站了起來。

他一跑一跳地來到講台前，眨了眨一雙漆黑而明亮的眼睛，以充滿自信的聲線朗聲道：「大家好，我叫李海沙，是在香港土生土長的巴基斯坦籍人。」

分明是外籍人士的模樣，卻張口說着流利的中文，文樂心覺得神奇極了，忍不住讚歎道：「嘩，他的粵語說得很標準啊！」

高立民倒是一副理所當然的樣子說：「既然他是在香港土生土長，自然懂得說粵語，有什麼稀奇的？」

「話雖如此，但無論如何他也是比我們多懂一種語言，不是挺厲害嗎？」對於這位新同學，文樂心是很好奇的。

除了文樂心，其他同學其實也或多或少有着同樣的心思。因此，在接下來的課堂上，大家的注意力都不禁地落在阿沙身上。

這天上中文課時，徐老師教大家如何運用假設複句，並邀請同學以

「要是……就……」的句式來造句。

李海沙踴躍地搶先舉手，徐老師十分高興，立刻請他把句子寫在黑板上。

不過，他的句子卻惹來哄堂大笑。

原來句子是這樣寫：「要是我能成為一個有用的人，就能好好讀書。」

徐老師看了也不禁失笑，連忙糾正道：「你把句子中的假設情況和結果搞混了。應該是先『好好讀書』，才能『成為一個有用的人』啊！」

經老師這麼一說，好不容易止住的笑聲，又再轟然響起，還有人低聲

嘲笑道：「這麼簡單的句子也搞不懂，這個新同學也太笨了吧？」

李海沙尷尬得漲紅了臉。

徐老師瞪了大家一眼，有點生

氣地說：「你們這樣取笑同學很不禮貌！中文並非阿沙的母語，中文能力自然會比較弱，你們身為同學，理應多體諒他、協助他才對。」

午膳時間一到，同學們紛紛從抽屜裏取出餐盒，有秩序地走到課室前方，從負責派發飯菜的吳慧珠及謝海詩手上領取熱騰騰的飯菜。

當黃子祺準備吃飯，忽然感到一股辛辣的氣味撲臉而來，鼻頭一癢，便連續打了好幾個大噴嚏。

「這是什麼味？」他一邊掩住鼻子，一邊往左右張望，最終把目光鎖

這是什麼味？

定在李海沙的餐盒上。

　　黃子祺遠遠看過去，只見餐盒是一大片黃褐色，無法確定是什麼食物，但肯定添加了咖喱。

　　看着李海沙吃得滋味
的樣子，黃子祺吐了吐舌
頭，一臉不解地咕嚕：「吃這麼辛辣
刺鼻的食物，不怕會被嗆到嗎？」
　　身後的周志明也揑着鼻頭

道：「就是嘛，我剛才不小心吸了一口，已經有些受不了！」

　　高立民笑了一聲道：「咖喱是巴基斯坦人常吃的主菜之一，阿沙怎麼可能會嗆到？少見多怪！」

　　吳慧珠倒覺得這股咖喱味很吸

引，於是捧着自己的餐盒走到他的桌前，笑着說：「阿沙，你的飯菜看起來很美味，我可以用一塊豬排換你一勺咖喱飯嗎？」

沒想到李海沙猛然把餐盒往懷裏一縮，以雙手遮擋餐盒，並大聲喊道：「不行！」

　　說時遲，那時快，吳慧珠已用筷
子夾起一塊豬排，欲放進阿沙的餐盒
裏，沒料到他突然把餐盒拿開，珠珠
手一鬆，豬排便掉到桌子上去了。

阿沙以好像看到怪獸的眼神盯了豬排一眼，然後才對珠珠抱歉地說：「對不起，我不是故意的。」

　　好好的一塊豬排被白白浪費掉，吳慧珠心疼不已，很不理解地努起嘴巴道：「不換就不換嘛，為何要浪費食物啊！」

第二章

孤掌難鳴

　　臨近農曆新年的一天下午，視藝科的鄧老師剛踏進教室，便喜盈盈地向大家宣布：「為了讓大家過一個既歡樂又極具意義的春節，學校將於假期前舉辦一場新春嘉年華會。每班必須製作一款賀年的手工藝品，作為裝飾校園之用。」

　　「唉，又要做功課啊！」同學們齊聲一歎。

　　鄧老師歪着嘴角一笑，才又繼續說：「嘉年華會當天，所有師生都會

為你們的作品評分，得分最高的班別，除了可獲得豐富獎品外，每位同學的視藝科，更可額外多加五分。」

聽到「加分」二字，原本興趣不大的同學立刻挺直身子，一個個都變得精神奕奕。

最喜歡手工藝的江小柔自然是最興奮的一位，主動跟大家商量道：「大家認為該做什麼裝飾好呢？」

「剪紙如何？可以貼在窗戶上。」文樂心首先提議。

高立民皺着眉頭，「剪紙是一種比較個人的手工藝，似乎不太適合集體創作啊！」

吳慧珠半認真半開玩笑地說：
「如果我做一款含有吉祥意義的賀年
小菜，你們覺得可以嗎？」

　　黃子祺立即翻了個白眼道：「拜
託，食物也算是裝飾品嗎？」

　　周志明擠眉弄眼地笑說：「如果
你能弄出一桌團圓飯來，那就另作別
論，哈哈！」

謝海詩則托着頭，一臉認真地道：「如果我們製作一系列大紅花燈，然後把它們懸掛在校園各處，你們覺得怎麼樣？」

　　江小柔興奮地回應：「好呀，我可以替花燈繪上漂亮的花紋圖案！」

　　「小柔，我來當你的助手！」文樂心連忙接着說。

「這個主意聽起來很不錯！」高立民點點頭，「我們還可以為花燈加添剪紙、繩結、揮春等傳統手工藝元素，必定可以令花燈大放異彩！」

「我們可以負責花燈上的剪紙圖案！」黃子祺和周志明齊聲道。

吳慧珠也馬上舉手示意：「我可以負責編繩結！」

謝海詩拍一拍胸膛道：「花燈下的燈謎就交給我吧！」

高立民連忙插嘴：「我也可以出燈謎呀！」

胡直倒是有點不好意思地搔了搔

頭，笑道：「雖然我的手藝不及你們靈巧，但我可以購買材料及負責其他後勤工作啊！」

鄧老師見大家表現積極，十分欣喜，於是朗聲道：「這樣吧，你們分組進行，每組負責不同的崗位，大家一起分工合作，好嗎？」

在鄧老師的安排下，同學們被編成好幾組，胡直和馮家偉負責購買材

料；高立民和謝海詩負責出燈謎；文樂心、江小柔、黃子祺、周志明、吳慧珠和李海沙等人，則負責花燈的製作及設計，大家各司其職。

下課鐘聲一響，大家便各自跟組員聚在一起，積極商討如何分配工作。

花燈製作組的黃子祺得知要跟李海沙同組，重重地歎了一口氣，低聲地道：「怎麼偏偏跟阿沙同組啊？真倒霉！」

周志明也皺着眉道：「他對中國文化一竅不通，會不會連累我們啊？」

文樂心覺得他們對阿沙有偏見，

忍不住道：「阿沙在香港長大，跟我們應該相差不大吧？」

　　黃子祺搖搖頭，態度堅決地說：「為免會出什麼差錯，最好還是別讓他參加！」

「沒錯，這是最明智的決定！」
周志明點頭附和。

他們的聲浪不高，但站在身後的
阿沙仍然聽得很清楚。

阿沙雖然一聲不吭，但難過的心

情卻全表露臉上，令深褐色的臉蛋顯得越發深沉。

　　文樂心注意到阿沙的異樣，心裏有些不忍，很想為他抱打不平。然而，她一個人實在勢單力薄，只好暗中向他送上一個抱歉的表情作安慰。

第三章　分工合作

隔天的中午，當負責購買材料的胡直和馮家偉把物資帶回來後，所有人便開始分頭行事。

吳慧珠把三條分別是紅色、橙色和黃色的繩子，纏在不同的手指上，然後熟練地將繩子左纏右繞地編織起來。

黃子祺湊過來問：「珠珠，你在編什麼？」

「我在編一個梅花結呢！」吳慧珠一抬頭，看見他手上握着一把剪刀

和一張金光閃閃的手工紙，忍不住也好奇地反問：「你預備做什麼手工？」

　　黃子祺自信滿滿地昂起頭道：「我要剪一張金燦燦的金元寶圖案，貼在花燈上。」

　　正在翻閱謎語書的謝海詩聽到他
的話，一臉不屑地道：「想不到你這
麼貪財啊！」

　　黃子祺搖了搖頭說：「每逢農
曆新年期間，我們跟親朋戚友拜年時
說的第一句話，不正是『恭喜發財』

嗎？這可是每個人的新年願望呢！」

文樂心不以為然地反駁道：「我覺得『恭喜發財』這句祝福語，早已演變成新年時的常用語，當中的意思已不僅僅是『發財』，而是包含了對別人的祝福。」

「心心說得對極了！況且，我們的祝福語又何止一個？你們看，這才是我最愛聽的祝福語！」江小柔放下手中的毛筆，揚起一張紅艷艷的手工紙，上面工整地寫着「如意吉祥」四個大字。

文樂心指着自己那幅才剛起草稿

如意吉祥

　的畫作，一臉得意地說：「你們看，
我畫的是『鯉躍龍門』呢！」

　　從草稿中可以看出有一座中式的
建築物，建築物下方是一片洶湧的浪
濤，兩尾大鯉魚正從巨浪中騰空飛躍。

坐在旁邊的李海沙不懂得畫中的
寓意，只覺得畫作很特別，低聲讚道：
「你畫得很好啊！」

　　「謝謝你呀！」難得有人欣賞自
己的畫作，文樂心很得意，回頭見阿

沙仍然目不轉睛地盯着圖畫，於是悄聲問：「你想一起參與嗎？」

「嗯！」李海沙目光一亮，「不過，我什麼也不懂。」

「沒關係。」文樂心快速往左右張望了一眼，見其他人都聚精會神地埋頭苦幹，便偷偷跟李海沙打了個眼色，悄聲道：「其實我得再多畫一幅『鯉躍龍門』，貼在另一個花燈上。你只要參照我這一張畫，依樣畫葫蘆地再畫一幅就可以了。」

一直被投閒置散的阿沙見終於有事可做，當然喜不自勝，趕忙地提起

畫筆，按照文樂心的指示，一筆筆地跟着畫起來。

文樂心起初也有點不放心，一邊畫一邊暗中偷看他，後來見他握筆上色的動作也有板有眼的，在美術方面應該有一定基礎，才總算安下心來。

第四章 「蝦」躍龍門

　　到了新春嘉年華會舉行當天，同學們為了要把自己製作的賀年裝飾，盡量放在人流最多、最顯眼的位置，一大早便回到學校，在校園各處來回奔走。

　　有的把教室每扇窗戶都貼上自創揮春；有的在走廊牆壁上懸掛一串串紙藝吊飾；有的在教室入口兩旁貼上別具一格的對聯。總而言之，就是各出其謀。

　　在大家的同心協力下，原本平凡

不過的校園，只一眨眼的功夫便變得璀璨繽紛，到處洋溢着喜氣洋洋的新年氣息。

高立民、文樂心、江小柔、黃子祺等同學們自然也不例外，他們分工合作，把辛苦製作出來的幾個大紅花燈，分別懸掛在三樓各個教

如意吉祥

室的門楣上。

　　既然是紅花燈，自然是採用紅色的手工紙製作而成，每個花燈的體積足有兩個籃球般大小。

　　至於花燈表面的設計，則更是花樣百出，有貼上賀年剪紙圖案的；有用毛筆寫上祝福語的；有繪上應節賀年畫的。每個花燈的底部，更附有一個精美的繩結及燈謎。

　　花燈看似平凡，卻集幾項傳統工藝於一身，既好看又有創意。

　　路過的同學都露出羨慕的目光，讚歎連聲地說：「嘩，你們這個大紅

花燈的外形既扎實又美觀啊！」

黃子祺昂一昂頭，得意地說：「那當然，花燈的骨架是由我負責折的呢！」

「我也有份幫忙的！」周志明趕緊舉手說。

高立民、文樂心、吳慧珠和江小柔等人也志得意滿地齊聲嚷嚷：「我們都有份設計花燈的呢！」

這時，鄰班的張浩生和許立德走過，抬頭看了一眼大紅花燈，笑了一聲道：「哎喲！傳統的『鯉躍龍門』，什麼時候演變成『蝦躍龍門』了？」

「你什麼意思啊？」黃子祺斜眼看他一眼。

許立德向右上方的花燈一指，「咔咔」笑道：「你們這幅『鯉躍龍門』，鯉魚旁邊還附帶幾隻小蝦，不正是『蝦躍龍門』嗎？」

大家一看，只見花燈上那幅「鯉躍龍門」畫作中，的確無端多出幾隻小蝦來！這到底是怎麼回事了？

大夥兒你看看我，我看看你，異口同聲地互相質問：「這幅『鯉躍龍門』是誰畫的？」

黃子祺忽然靈光一閃，大聲喊：

「喲，我想起來了，這幅畫是小辮子畫的！」

大家的焦點，立即全落在文樂心的身上。

文樂心疑惑地皺一皺眉，堅定地搖頭否認，「不可能！我怎麼會犯這

種錯誤？」

她走近花燈一看，只見畫作中的鯉魚旁邊，果然平白無故地多出三隻小蝦，不禁既驚且怒地說：「是誰塗污了我的畫作啊？」

就在這時，李海沙怯怯地舉手說：「那三隻小蝦是我畫上去的。你忘了嗎？是你邀請我幫忙一起畫的。」

文樂心這才想起，「我的確邀請你幫忙，可是我沒

有說過要畫蝦啊！」

　　李海沙慌了，說話也有些結巴起來，「我見你只畫了海和魚，覺得太……太單調，所以隨手多加了幾隻小蝦作陪襯。這樣……有什麼問題嗎？」

謝海詩撓着鬈曲的長馬尾，一字一句地向他解釋道：「這幅『鯉躍龍門』，其實是來自中國古代的一個傳說，相傳黃河的鯉魚跳過龍門後，便會化身成龍，寓意人們職位高升、飛黃騰達，跟蝦沒有半點關係啊！」

李海沙這才知道自己闖了禍，頓時不知所措地說：「對不起，我真的不曉得畫作背後原來還有這樣的傳說！」

　　結果，這次的春節裝飾設計大賽，他們班的大紅花燈果然落選了，大家都失望極了。

　　黃子祺生氣地埋怨李海沙：「都是因為你自作聰明，我們辛辛苦苦製作出來的大紅花燈，不但拿不到應得的分數，還落為大家的笑柄！」

　　高立民瞪了文樂心一眼，似乎在說：「看看你做的好事！」

看看你做的好事！

　　文樂心因為不忍見阿沙被同學排除在外，所以邀他一起參與，怎麼也沒想到會出現這種差錯，她一時間也百口莫辯，只好委屈地低着頭說：「對不起啊，我也沒想到會變成這樣的。」

翌日是假期前的最後半天課，老師為大家舉辦團年大派對，教室內擺滿一桌美食。除了有香腸菠蘿、醬油雞腿、番茄意大利麵等派對中常見的食物外，還多出了好幾款特備的團年菜式，包括煎蘿蔔糕、臘味糯米飯和一大碟金黃色的炸蝦球。

面對這麼香氣撲鼻的美食，同學

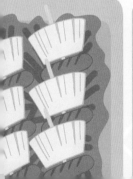
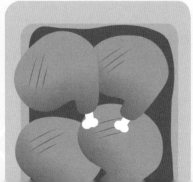

們全都食指大動。

「嘩，這幾款菜式好吸引啊！」高立民深吸一口氣。

吳慧珠驕傲地笑道：「這是我和周志明在廚藝班中剛學會的賀年菜式呢！」

江小柔一臉欽佩地讚道：「嘩，剛學會就能做得這麼出色，看來你們的廚藝又更上一層樓了！」

「當然啦，我們都是用心學習的

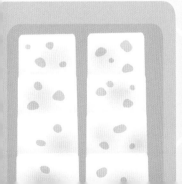
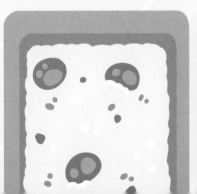

好學生啊！」周志明毫不客氣地自誇。

文樂心一邊大口地吃着，一邊好奇地向他們請教：「這道蝦球很好吃，可以告訴我怎麼做嗎？」

吳慧珠正想開口回答，旁邊的周志明已搶先一步說：「烹飪這門手藝是講求身體力行，可不是單憑三言兩語就能說得明白的。」

「嘿嘿！」黃子祺乾笑一聲，語帶嘲諷地道：「小辮子，我勸你還是先把中國傳統文化學好再說吧，免得下次又連累我們！」

文樂心討了個沒趣，只好不快地

閉嘴不語。

　　過了好一會，當大家都吃飽喝足後，高立民從抽屜裏取出一大堆小紙條，每張紙條上都寫着一句句子。

　　高立民把紙條一張張平放在桌

上，然後朗聲地跟大家道：「前陣子為了製作燈謎，我找來了許多跟新年相關的謎語，不如趁現在有空，我們來玩玩好嗎？」

大夥兒霎時都圍了過來，爭相想要猜猜看。

擠在後面的文樂心和李海沙也想上前，「請問可以讓我看看嗎？」

然而，站在前方的同學只冷冷地瞪了他們一眼便回過頭去，沒有人願意讓出道來。

文樂心感到有些難堪，李海沙見她因自己而備受同學冷落，心裏也感

到很不安，卻又無計可施，只好把自己的零食捧到她的面前，若無其事地笑問：「心心，這是我的家鄉特產，你要試試嗎？」

李海沙的雪中送炭，令文樂心心頭一暖，正想伸手把零食接過時，她眼角的餘光不意地一掃，發現大家的目光，不知何時竟全落在他們身上。

　　霎時間，她膽怯了，不自覺地把手縮了回去。

　　李海沙失望極了。

農曆新年期間，文樂心家裏非常熱鬧，每天來訪的親朋戚友絡繹不絕。其中最令文樂心印象深刻的，莫過於爸媽年輕時結交的一班老朋友。

他們雖然已久未聯繫，但一旦碰面便立刻親暱地勾肩搭背，整天促膝談心仍然話題不絕。

文樂心大感奇妙，不明白為什麼爸媽跟他們見面不多，仍能維持深厚的友誼，反觀自己跟同學們朝夕相對，卻無法融洽相處。

爸媽跟朋友一直談心至深夜，才一臉意猶未盡地送走老朋友。

文爸爸回過頭來，發現文樂心悶
悶不樂的樣子，關心地問：「怎麼了？
為什麼一副愁眉苦臉的樣子？」

當他得知心心為了幫助李海沙而讓全班同學不高興後，微微一笑，問：「你是後悔幫助了這位新同學嗎？」

　　「當然不會！」文樂心毫不猶疑地搖搖頭，但又一臉矛盾地問：「可是，我應該繼續跟他做朋友嗎？」

　　文爸爸不答反問：「那麼，你覺得這位李海沙同學是個值得結交的朋友嗎？」

　　文樂心不假思索地點點頭，「雖然他無論在外貌、語言和文化上都跟我們截然不同，但是他為人大方懂事，對朋友也很熱心，我挺欣賞他。」

文爸爸笑着聳一聳肩道：「既然李海沙是個值得結交的好朋友，那你就要貫徹始終。一段真正的友誼，是不應該受別人的影響而動搖。我深信，其他同學早晚也會發現他的優點。」

　　聽了爸爸的一席話，文樂心立刻感到豁然開朗，一直壓在心頭的那股悶氣，一下子煙消雲散。

第六章　再起風雲

經過文爸爸的開導後，文樂心跟李海沙相處時便自然得多，當他遇上什麼困難時，也會主動伸出援手，不再顧忌別人的目光。

李海沙在她的協助下，亦漸漸適

應了陌生的校園生活。

　　由於宗教信仰的關係，李海沙每天放學回家後，都會換上長袍長褲等傳統服飾，前往附近的清真寺進行禮拜，直至晚飯過後，才能抽出時間做功課和溫習。

　　因此，阿沙每天學習的時間都比

其他同學少，再加上中文及常識兩科
以中文教學，學習起來更是困難重重。

　　阿沙開始應付不來，不時出現欠
交功課的情況，常常要於午休時間到

教員室找徐老師補做功課。

　　在狂風暴雨的一天，李海沙再次欠交作業，但因午息前的數學堂晚了下課，推遲了用膳的時間，阿沙三兩下子吃完飯後，便急忙地捧着作業簿及文具，一路往地下的教員室跑去。

　　教員室位於操場另一邊的盡頭，為了抄近路，阿沙低下頭，冒着雨快

步穿過偌大的操場，一口氣跑到教員室門前。

就在這個時候，張浩生和許立德恰好捧着一大疊作業簿從教員室出來，低着頭跑過來的李海沙一時沒注意，竟跟他們撞了個滿懷。

「啪嗒」一聲，張浩生和許立德手上的作業簿，一下子嘩啦啦地散落一地。

張浩生頓時大為生氣，破口大罵：「你這是怎麼回事？我這些作業簿是要趕着派給同學的！」

「對不起！對不起！」李海沙匆

忙地一邊道歉，一邊俯身替他們把作業簿一本本地撿起來還給他們，然後便轉身想走了。

然而，由於外面的雨已經下了半天，走道兩旁的地面早已濕滑一片，散落在地上的作業簿，全被雨水沾濕了。

　　張浩生見作業簿變得髒兮兮的，勃然大怒，抓住了李海沙的手，生氣

地大罵：「喂，你不但把我撞痛，還把我的作業簿全弄髒，不能就這樣一走了之啊！」

「對不起，我不是故意的！」李海沙趕緊道歉。

可惜無論他怎麼說，張浩生仍然不放過他：「一句對不起就想了事嗎？」

「請放開我，我要趕着見徐老師啊！」李海沙急了，使勁地甩着手，想要擺脫張浩生的糾纏。

別看李海沙身材瘦削，力氣倒是挺大的，張浩生居然有點失利，看來快要被阿沙甩開的樣子，旁邊的許立德趕忙上前幫忙。

李海沙一心只想着要擺脫張浩生，冷不防許立德從後一推，他一時站不穩，整個人便摔倒在地，手肘

「啪」的一聲撞在地上，痛得他「哎呀」地大喊一聲。

　　此時，高立民和胡直恰巧經過，看到李海沙被張浩生和許立德推倒在地上，趕緊上前喝止，「喂！你們怎麼欺負人了？」

張浩生和許立德慌忙舉起雙手表示無辜，「我們哪有欺負他？是他自己跌倒的！」

高立民見他們不肯承認，很是氣憤，一邊與胡直合力扶李海沙站起來，一邊生氣地警告他們道：「如果你們不肯承認，那我只好告訴老師了！」

也許是他們的聲浪太大，教員室的門忽然被打開，徐老師從裏面走出來查問：「你們在吵什麼？發生什麼事了嗎？」

「糟了！」張浩生和許立德頓時臉色煞白。

教員室

第七章　以德報怨

　　正在教員室內專心地批改作業的徐老師，聽到外面嘈吵的爭執聲，於是開門查看，發現原來是李海沙跌倒在地上了。

　　她看了看呆站一旁的張浩生和許立德，然後上前察看李海沙的情況，關切地問：「你沒事吧？」

　　這時，李海沙已由高立民和胡直扶着站了起來，聽到徐老師查問，趕緊搖搖頭回答道：「徐老師，我沒事，就是右手肘有點痛。」

「讓我看看！」徐老師細心為他檢查了一遍，見他除了手肘部位擦傷外，其他並無大礙，才安心地點頭安慰道：「別怕，只是個小傷口而已。」

她領着李海沙走進教員室，幫他處理好傷口後，才回頭向高立民等人查問道：「現在你們可以告訴我，到底發生什麼事了嗎？」

　　張浩生和許立德低着頭，偷偷對望了一眼，都怯怯的，不知該怎麼回答。

　　高立民見他們不肯坦白承認過
錯，心中氣憤難平，忍不住開口指證
道：「徐老師，我親眼看到他們把李
海沙推倒在地上！」

　　張浩生連忙為自己辯解道：「這
只是意外，我們不是故意的啊！」

　　「對對對，只是個意外而已！」

許立德連忙點頭。

徐老師回頭向李海沙求證道：「事情是這樣嗎？」

李海沙看了張浩生和許立德一眼，見二人一臉緊張地盯着自己，於是不慌不忙地回答道：「是的。剛才我因為急着要來找老師，匆忙間在濕

滑的走道上滑了一跤，幸好有他們扶了我一把，才沒有摔得太重。」

對於他的話，徐老師沒有什麼回應，一雙清亮的眼睛，卻像探射燈似的，在張浩生和許立德臉上來回審視很久，然後才語重心長地說：「李海沙同學剛來學校，許多事情都不懂，

再加上文化差異，難免會出現小差錯。你們身為同學，理應體諒並從旁協助，這樣不但可讓他儘快適應校園生活，同學間的相處亦會更融洽、更合作無間，知道嗎？」

難得李海沙沒有向徐老師告狀，反而出言幫助他們，張浩生和許立德如釋重負，趕緊點頭答應。

步出教員室後，張浩生和許立德既抱歉又感激地對李海沙說：「對不起，謝謝你沒有指證我們。」

李海沙把受傷的手肘用力一揮，瀟灑地朗聲一笑道：「我

們是男子漢，才不會把這種小事記在心上呢！」

李海沙以德報怨，讓張浩生很慚愧，為了不輸給他，也拍一拍胸膛，豪氣地放話道：「爽快！以後你有什麼事儘管來找我，我必定義不容辭！」

這件事不消片刻已傳遍

整個年級，同學們都打從心底裏佩服李海沙的胸襟，從此以後，再也沒有人欺負他了。

然而，同學們對於這個異邦人，始終存有一層似有還無的隔膜，不太願意跟他多親近。

這天是測驗周的第一天，為了應付是次的測驗，所有同學都不知努力了多少個日與夜，大家都懷着既疲累又緊張的心情踏進教室。

向來成績良好的高立民，自信滿滿地笑道：「放鬆些嘛，今天考的是中文科，無非就是造造句子，讀讀文章而已。」

「你的成績好，當然說得輕鬆！」文樂心對他做了個鬼臉。

吳慧珠頂着一張苦瓜臉說：「就

是嘛，像你這種高材生，是不會理解我們的感受！」

　　成績同樣平平的黃子祺和周志明也有同感，但他們已沒閒心去搭理別人，只拚命地翻着書本，抓緊最後一分一秒，希望能有奇跡出現。

　　然而，越是接近開考時間，他們

便越緊張，在臨開考前五分鐘，他們
終於忍不住--同跑進洗手間。

　　他們跑得太匆忙，在跨進洗手間
的一剎那，不知是誰把拴住洗手間門
的小木塞一腳踢飛，洗手間的門「哐
噹」一聲關上了。

他們起初也不以為意，直到去完洗手間，周志明伸手扭動門柄想要離開時，才發現洗手間的門打不開了。

「怎麼回事了？」周志明呆了一呆。

「怎麼啦？你連開門的力氣也沒有嗎？」走在後面的黃子祺不明所以，着急地把

周志明拉過一旁，「讓我來試試！」

可是，無論黃子祺如何使勁地撐着門柄，門仍然紋風不動。

就在這時，上課鐘聲響起了。

鈴～

「糟糕，考試要開始了！」他們急了，連忙使勁地拍着門板，大聲喊：「救命呀，外面有沒有人？」

只可惜此時此刻，所有人都早已端端正正地坐在教室，靜候監考老師的到來，洗手間外根本一個人也沒

有，即使他們喊破喉嚨，也不會有人聽得見。

二人心急如焚，卻又苦無對策，只能不停大喊。

正當他們感到無比絕望的時候，忽然聽到有人在外面輕輕叩門，試探地問道：「請問裏面有人嗎？」

黃子祺和周志明萬分驚喜，趕緊大聲喊道：「救命呀！門鎖壞了，我們被困在裏面，快想辦法救我們出去啊！」

外面的那個人連忙回應道：「好的，你們別怕，我立刻找人來幫忙！」

不一會兒，外面響起了陣陣開鎖的嘈雜聲，門很快便被打開了。

　　門一開，一位工友姨姨和那位協助他們的同學迎在門外，而這位幫了他們大忙的同學，竟然就是李海沙。

　　「怎麼會是你？」黃子祺驚訝得張開了嘴巴。

李海沙有點不好意思地解釋：
「我今早有點遲了，剛經過這兒時，
聽到裏面有呼救聲，所以就停下來問
問看啊！」

　　周志明不解地問：「既然你已經
遲到，還留下來幫我們，不怕會錯過
考試嗎？」

李海沙聳了聳肩地笑道：「無所謂啦，反正中文科我也不會考得好，我既然剛好碰上，當然得幫忙啦！」

　　黃子祺和周志明都很感動，正想開口說什麼，旁邊的工友姨姨忍不住打斷他們：「考試已經開始了，你們還在拖拉什麼，還不快跑？」

他們同時「哎呀」一聲，急忙轉身便跑。

　　負責監考的鍾老師從工友姨姨口中得知事情後，網開一面讓他們進場考試，並給他們補回失去的考試時間，三人總算鬆了一口氣。

　　考試結束後，黃子祺和周志明同

時走上前，一左一右地搭着李海沙的肩膊，感激地笑説：「為了報答你剛才拔刀相助，我們請你喝汽水！」

李海沙頓時受寵若驚，有點不相信地反問：「真的？」

黃子祺一臉豪氣地説：「當然是真的！」

自從來到藍天小學後，除了文樂心和江小柔，這還是第一次有同學對他如此友好，李海沙高興極了，無論眼睛還是臉容，都明顯地透着打從心底裏發出來的笑意。

消息一傳十，十傳百，當大家得知李海沙為了把黃子祺和周志明從洗手間裏拯救出來，居然犧牲了自己的考試時間後，李海沙立即成為眾人眼中的英雄，大家對他的態度也一百八十度大轉變。

「想不到阿沙為人這麼仗義，換了我也未必做得到呢！」吳慧珠由衷佩服。

江小柔
連連點頭道:
「可不是嘛?
在這樣緊急的情
況下,仍能堅持先幫
人,實在不容易啊!」

　　李海沙被大家的一輪誇讚弄得很
不好意思,深褐色的臉頰隱約地透
出一絲紅暈,連連擺手
說:「不是啦,我只
不過『遇上剛好』
而已!」

　　話剛說完,

大家已經忍俊不禁。

高立民笑着糾正他道：「你這句話的語序有問題，不是『遇上剛好』，而是『剛好遇上』啊！」

「是嗎？」李海沙尷尬地呵呵一笑，「對不起，我的中文不好。」

文樂心連忙安慰他道：「沒關係，你只要日後多跟我們聊天，很快便能學會！」

黃子祺笑着道：「其實我對你的事情挺好奇，可以跟我們說說嗎？」

「我也好想知道呀！」胡直和馮家偉也爭相舉手。

李海沙紅着臉説：「其實我跟大家一樣，都是土生土長的香港人，但由於我和家人是信奉真神阿拉，所以生活習慣跟你們有些不一樣。」

謝海詩一臉自信地插嘴説：「我知道，信奉真神阿拉即是我們經常聽到的伊斯蘭教。」

「你説對了！」李海沙笑着點頭。

文樂心疑惑地問：「你的生活跟我們有什麼不同？」

李海沙沉思了一下，解釋道：「我想，當中的不同之處，莫過於我們不能吃豬，也不能喝酒。除了豬肉外，其

他以豬油或酒精烹調的食物，也一概不能吃。所以我得格外小心，不敢隨便吃外面的食物，只能吃媽媽親手做的飯菜。」

「哦！」吳慧珠恍然大悟地喊，「怪不得上次我想跟你交換食物時，

你的反應會那麼大，那時我還以為你不喜歡我呢！」

　　於是，同學們發現阿沙除了在文化上跟大家有些差異外，其實也是個很健談、很友善的好同學，漸漸也就跟他成為了朋友。

一個星期後，各科的測驗成績都陸續出來了。

　　雖然李海沙的中文及常識科成績不太好，但他在數學科的表現卻是出乎意料的突出，取得全班第一名，大家都不禁對他另眼相看。

　　正當李海沙一臉洋洋得意的時候，徐老師把他喊到跟前，一臉嚴肅地說：「由於你的語文能力較弱，導致中文及常識兩個主科的成績都特別低。如果你的中文水平在期終試時還沒有明顯的進步，便很有可能要留級。」

老師此話一出，不但李海沙本人感到徬徨，就連同學也是一陣躁動。

　　徐老師頓了頓，才又接着說：「因此，我打算從明天起，每天午飯時段為你補習中文，希望可以加強你的語文能力。」

　　聽說李海沙很可能要留級，同學們同樣很替他擔心，但又不敢在他面前表露，只好等到午飯時間，待阿沙出發去找徐老師補課時，才自發地聚在一起，七嘴八舌地議論起來。

　　「阿沙不會真的要留級吧？」黃子祺完全不敢相信。

江小柔托着腮，有些傷感地說：「其實他待人很好，真希望他能順利升班，繼續跟我們當好同學啊！」

吳慧珠疑惑地問：「難道真的沒有轉機了嗎？」

高立民倒是挺樂觀，「徐老師不是明天開始會幫他補習嗎？現在距離考試還有兩個多月，一定能把成績追回來的！」

文樂心眼珠伶俐地一轉道：「其實，我們是不是也可以為他做點什麼呢？」

謝海詩靈光一閃道：「不錯，我

們可以當他的大後盾!」

「我們?怎麼當?」吳慧珠呆了一呆。

謝海詩托了托眼鏡,笑說:「就是當他的小老師呀!」

就是當他的小老師呀!

第十章　齊來當小老師

　　不過一夜之間，李海沙成為了全班最受歡迎的同學。每個小息，他都會被不同的同學纏住，不是拉着他讀圖書，就是拉着他跟大夥兒一起玩各種語文遊戲。

圖書館

文樂心、江小柔和高立民還合力將考試範圍內的中文字詞，製作成一本圖文集，讓阿沙看後能更易理解字詞的意思。

　　圖文集裏的插畫，每一幅都畫得細緻生動，李海沙接過圖文集時，驚喜極了，愛不釋手地連聲讚道：「嘩，這本文集做得很漂亮啊！」

　　大家的熱心令阿沙感動得熱淚盈眶，卻又無以為報，只好厚着臉皮向大家毛遂自薦道：「雖然我的中文不好，但我的數學還可以，如果大家遇上難題，我一定『幫忙盡力』！」

謝海詩嘻嘻笑着糾正，「是『盡力幫忙』才對啊！」

「知道，謝老師！」李海沙點點頭表示明白，一雙骨碌碌的眼睛睜得很大。

阿沙的樣子本來就長得精靈，再加上這副故作恭敬的表情，十分滑稽，逗得大家哈哈大笑起來。

之後，因為阿沙的緣故，整個教室的學習氣氛，變得

空前的濃厚。

　　每個小息及午息的時間，同學們都乖乖地留在教室，有教導阿沙中文的；有進行集體語文遊戲的；也有自行溫習的，所有人都努力地為即將來臨的大考作準備。

　　不知不覺踏入六月，在考試即將來臨前的那個周末，正值端午節假期，文樂心忽然心血來潮，提議道：「大家最近很累了吧？不如端午節那天我們一起去看賽龍舟，讓阿沙感受一下我們的傳統文化，好不好？」

　　阿沙高興得手舞足蹈地說：「好

啊，我從來沒看過賽龍舟呢！」

難得可以有機會去玩，大家自然不會錯過，也異口同聲地說：「我們也想去看看啊！」

到了端午節當天，李海沙、江小柔、高立民、胡直、吳慧珠、謝海詩、黃子祺、周志明和馮家偉等一行九人，便浩浩蕩蕩地來到文樂心家附近的沙灘，一起觀看龍舟比賽。

他們抵達時，比賽已經開始，海上有七、八艘大龍舟正在進行激烈的比賽。

這些龍舟的船身都繪着繽紛的圖

案，每艘龍舟的龍頭更是設計獨特，造型惟妙惟肖。

第一次觀看龍舟賽事的李海沙，看着選手們在「咚咚咚」的鑼鼓聲中奮力地向前划，也很替他們緊張，不斷大喊「加油」，替他們打氣。

高立民滿臉自豪地向他介紹道：

「賽龍舟很刺激吧？這是中國數千年

來的傳統習俗呢！」

　　李海沙好奇地問：「為什麼會有

這個習俗？」

旁邊的謝海詩立刻搶答：「端午節時賽龍舟，其實有很多種傳說，但最廣為人知的說法，就是為了紀念春秋戰國時期的愛國詩人屈原！」

「哦，原來如此！」李海沙似懂非懂地點點頭。

看完龍舟競渡後，當然就是到文樂心的家，繼續吃喝玩樂啦！

適逢端午節，文媽媽捧出各種不同口味的糭子來款待這班小客人，大家都被糭子吸引得垂涎三尺，立刻爭相上前挑選。

文樂心向李海沙介紹道：「這

些是糉子，是慶祝端午節時必備的食品，很美味的！只可惜當中的餡料添加了豬肉，你不能跟我們一起分享了。」

「沒關係！」李海沙笑着打開自己的背包，將裏面的東西傾倒在餐桌

上，豪氣地道：「我早已帶備一大堆我最喜歡吃的零食，大家也一起來嘗嘗啊！」

「嘩！」吳慧珠眼前一亮，第一個不客氣地衝上前去，其他人亦隨之蜂擁而至，零食瞬即一掃而空。大家吃着笑着，度過了一個愉快的佳節。

第十一章　體驗異國文化

經過兩個多月的艱苦努力，終於迎來最關鍵的一刻。

在徐老師和同學們的傾力協助下，李海沙的中文有了很大的進步，答題時感到特別得心應手，許多從前無論如何也搞不懂的題目，如今全都變得一目了然。

在踏出考場的一剎那，他禁不住喜悅地大喊：「太好了，這次的考試合格有望了！」

走在他旁邊的黃子祺立刻得意地

揚一揚手，搶着領功道：「全靠我陪他一起讀書，才會進步神速啊！」

吳慧珠不服氣地接着說：「應該是我們的語文遊戲最有成效呢！」

高立民也不甘落後地說：「我、小辮子和小柔一起製作的圖文集，才

是最嘔心瀝血之作啊！」

正當他們爭論不休之際，李海沙忽然笑嘻嘻地說：「為了答謝大家的幫忙，我想邀請大家本周末來我家，體驗一下我的家鄉文化，你們誰有興趣？」

「我！」大家都爭相舉手。

到了周末的那天早上，文樂心、江小柔、高立民、胡直、吳慧珠、謝海詩、黃子祺、周志明和馮家偉等人便又再成羣結隊，一起向着李海沙的家進發。

他們剛到達目的地，便看見阿沙和一名巴籍的中年男子，雙雙站在車站旁邊迎接他們，這位男士相信就是李爸爸了。

阿沙和李爸爸穿着一身長袍長褲，頭上戴着圓帽子等傳統服飾，一副如假包換的巴籍人模樣。

同學們從沒見過阿沙作如此裝扮，頓覺眼前一亮，紛紛稱讚道：「阿沙，你今天看起來特別帥啊！」

阿沙一臉害羞地笑道：「我們的社區今天正好舉辦文化導賞活動，我們是特意穿上傳統服飾，接待你們這

些前來參觀的客人啊！」

李爸爸以不太標準的粵語說：「歡迎來到巴基斯坦村！」然後一馬當先地領着大家，走進一條只有幾百米長的橫街。

這條橫街雖然佔地不多，卻是巴基斯坦裔居民的聚居地。街道兩旁設有好幾家穆斯林餐廳、雜貨店及理髮店，擦肩而過的途人也大半都是巴籍人士，讓人有一種置身於巴基斯坦的錯覺。

阿沙指着前方的一家雜貨店，熱情地介紹道：「這家雜貨店專門售賣各種巴基斯坦進口的食材、調味料及家鄉食品。」

　　他眨一眨眼睛，笑嘻嘻地說：「我平日吃的零食，都是在這兒買的！」

　　周志明隨手取起一包餅乾，看到包裝紙上印着「HALAL」字樣的標籤，疑惑地問：「這是什麼意思？」

　　阿沙解釋道：「這是清真認證，代表食物是經過認可，讓我們教徒可以安心食用！」

　　「噢，原來如此！」大家都恍然

大悟。

　　吳慧珠舔了舔嘴巴問：「李叔叔，請問我們能吃嗎？」

　　「當然可以啦！」李爸爸呵呵地笑道。

　　「太好了！」吳慧珠連忙跑進

店內，很快地買了好幾包零食，然後迫不及待地打開其中一包像薯片的零食，拿出一大把便往嘴裏塞。

誰知她只咀嚼了一口，便立刻起勁地用手搗着嘴巴，哇哇大叫道：「救命，好辣呀！」

其他同學見到她這副狼狽的樣子，都忍不住捧腹大笑起來。

 第十二章　好兄弟

　　好不容易，終於等到派發考試成績的這一天。

　　徐老師捧着一大疊試卷踏進教

室，一臉笑瞇瞇地告訴大家：「在這次考試中，李海沙同學在中文和常識兩科的表現都有顯著的進步，不但取得了突破的分數，而且還奪得了本學年的最佳進步獎呢！」

教室裏旋即掀起一陣哄動，震耳欲聾的掌聲與歡呼聲此起彼落。

身為當事人的李海沙更是雀躍不已，但他還是謹慎地再三確認道：「徐老師，這是不是説我可以順利升班了？」

「當然啦！」徐老師笑着點頭。

霎時間，他興奮得「喲」的一聲跳起歡呼，跟相隔一條走道的高立民和胡直互相擊掌！

回想起自己當初剛來時舉步維艱、處處碰壁，到現在終於得到同學們的接納，成為其中的一分子，李海

沙不禁感慨萬千。

　　他突然站起身來，向徐老師及同學們誠懇地說：「徐老師、各位同學，謝謝你們！全靠你們的大力協助，我才能進步神速，真的很慶幸能認識到大家，我們明年也一定要繼續

謝謝你們！

當好同學！」

　　「我也很高興可以繼續跟你當同學啊！」文樂心欣喜地說。

　　其他同學也齊聲應和，唯獨黃子祺搖着頭，輕哼一聲道：「我才不稀

罕當你的同學！」

「為什麼啊？」李海沙呆了

一呆。

黃子祺昂起了臉，一副理所

當然的樣子說：「當然啦，以我們現在的交情，早就已經是好兄弟了，能不能當同學還有什麼要緊的？」

原來黃子祺只是在捉弄自己！

李海沙白他一眼，安心地笑了。

黃子祺向他做了個鬼臉，一副看準阿沙拿自己沒辦法的得意表情。

不過，黃子祺似乎忘記了徐老師還在教室內。

徐老師淡淡地看了他一眼地道：「好吧，既然你和阿沙是好兄弟，那麼這個漫長的暑假，就得拜託你陪他一起背誦課文，這樣才是『有福同

享，有難同當』的好兄弟啊！」

「啊？不是吧？」黃子祺感到晴天霹靂。

李海沙則安坐在座位上，低着頭掩住嘴巴，「咔咔咔」地在偷笑。

咔
咔
咔

鬥嘴一班 學習系列

- 每冊包含《鬥嘴一班》系列作者卓瑩為不同學習內容量身創作的 全新漫畫故事，從趣味中引起讀者學習不同科目的興趣。
- 學習內容由不同範疇的專家和教師撰寫，給讀者詳盡又扎實的學科知識。

本系列圖書

中文科

漫畫故事創作：卓瑩
學科知識編寫：宋詒瑞

介紹成語的解釋、典故、近義和反義成語，並提供實用例句和小練習，讓讀者邊學邊鞏固成語知識。

漫畫故事創作：卓瑩
學科知識編寫：宋詒瑞

介紹常見錯別字的辨別方法、字義、組詞和例句，並提供辨字練習，讓讀者實踐所學，鞏固知識。

常識科

漫畫故事創作：卓瑩
學科知識編寫：新雅編輯室

透過討論各種常識議題，啟發讀者思考「健康生活、科學與科技、人與環境、中外文化及關心社會」5大常識範疇的內容。

數學科

漫畫故事創作：卓瑩
學科知識編寫：程志祥

精心設計 90 道訓練數字邏輯、圖形與空間的數學謎題，幫助讀者開發左腦的運算能力和發揮右腦的創造潛能。

定價：$78 / 冊

Q版 鬥嘴一班 精品
現已登場
《鬥嘴一班》陪你開心上街、上學去!

功課袋
定價: $48

- 尺寸:38cm x 25cm
- 設大小兩格,分類收納更整潔

正面

背面

八達通零錢包
定價: $52

- 尺寸:10.5cm x 12cm
- 可放零錢和八達通卡
- 附掛頸繩,攜帶更方便

安全扣可讓掛頸繩
自動斷開,避免危險

可靈活調節
掛頸繩長度

三聯書店、中華書局、商務印書館及天地圖書均有發售!
查詢電話:2138 7912

鬥嘴一班
我們都一樣

作　　者：卓瑩
插　　圖：步葵
責任編輯：葉楚溶
美術設計：陳雅琳
出　　版：新雅文化事業有限公司
　　　　　香港英皇道 499 號北角工業大廈 18 樓
　　　　　電話：(852) 2138 7998
　　　　　傳真：(852) 2597 4003
　　　　　網址：http://www.sunya.com.hk
　　　　　電郵：marketing@sunya.com.hk
發　　行：香港聯合書刊物流有限公司
　　　　　香港新界大埔汀麗路 36 號中華商務印刷大廈 3 字樓
　　　　　電話：(852) 2150 2100
　　　　　傳真：(852) 2407 3062
　　　　　電郵：info@suplogistics.com.hk
印　　刷：中華商務彩色印刷有限公司
　　　　　香港新界大埔汀麗路 36 號
版　　次：二〇二〇年三月初版
　　　　　二〇二〇年七月第二次印刷
版權所有‧不准翻印